Emmanuel

L'invention de Nécrophore

**Illustrations de
Luc Chamberland**

Inspiré de la série télévisée *Kaboum*,
produite par Productions Pixcom inc.
et diffusée à Télé-Québec

la courte échelle

Les éditions de la courte échelle inc.
160, rue Saint-Viateur Est, bureau 404
Montréal (Québec) H2T 1A8
www.courteechelle.com

Révision :
Marie Pigeon Labrecque

Conception graphique de la couverture :
Elastik

Conception graphique de l'intérieur :
Émilie Beaudoin

Coloriste :
Étienne Dufresne

Dépôt légal, 2e trimestre 2011
Bibliothèque nationale du Québec

La courte échelle reconnaît l'aide financière du gouvernement du Canada
par l'entremise du Fonds du livre du Canada pour ses activités d'édition.
La courte échelle est aussi inscrite au programme de subvention globale
du Conseil des Arts du Canada et reçoit l'appui du gouvernement du Québec
par l'intermédiaire de la SODEC.

La courte échelle bénéficie également du Programme de crédit d'impôt pour
l'édition de livres — Gestion SODEC — du gouvernement du Québec.

**Catalogage avant publication de Bibliothèque et Archives nationales
du Québec et Bibliothèque et Archives Canada**

Aquin, Emmanuel

Kaboum

(Série Les nouvelles aventures des Sentinelles)
Sommaire : t. 31. L'invention de Nécrophore

Pour enfants de 6 ans et plus..

ISBN 978-2-89651-381-9 (v. 31)

I. Chamberland, Luc. II. Titre. III. Titre : L'invention de Nécrophore.

PS8551.Q84K33 2007   jC843'.54   C2007-942059-1
PS9551.Q84K33 2007

Imprimé au Canada

Emmanuel Aquin

L'invention de Nécrophore

Illustrations de
Luc Chamberland

la courte échelle

Les Karmadors et les Krashmals

Un jour, il y a plus de mille ans, une météorite s'est écrasée près d'un village viking. Les villageois ont alors entendu un grand bruit: *kaboum!* Le lendemain matin, ils ont remarqué que l'eau de pluie qui s'était accumulée dans le trou laissé par la météorite était devenue violette. Ils l'ont donc appelée… *l'eau de Kaboum*.

Ce liquide étrange avait la vertu de rendre les bons meilleurs et les méchants pires, ainsi que de donner des superpouvoirs. Au fil du temps, on a appelé les bons qui en buvaient les *Karmadors*, et les méchants, les *Krashmals*.

Au moment où commence notre histoire, il ne reste qu'une seule cruche d'eau de Kaboum, gardée précieusement par les Karmadors.

Le but ultime des Krashmals est de voler cette eau pour devenir invincibles. En attendant, ils tentent de dominer le monde en commettant des crimes en tous genres. Heureusement, les Karmadors sont là pour les en empêcher.

⚡⚡⚡

Les personnages du roman

Magma

Magma est un scientifique. Sa passion : travailler entouré de fioles et d'éprouvettes. Ce Karmador grand et plutôt mince préfère la ruse à la force. Lorsqu'il se concentre, Magma peut chauffer n'importe quel métal jusqu'au point de fusion.

Gaïa

Gaïa est discrète comme une souris : petite, mince, timide, elle fait tout pour être invisible. Son costume de Karmadore comporte une cape verdâtre qui lui permet de se camoufler dans la nature. Gaïa a un don : grâce à ses antennes, elle peut dialoguer avec toutes les espèces végétales.

Mistral

Mistral est un beau jeune homme aux cheveux blonds et aux yeux bleus, fier comme un paon et sûr de lui. Son pouvoir est son supersouffle, qui lui permet de créer un courant d'air très puissant.

Lumina

Lumina est une Karmadore solitaire très jolie et très coquette. Elle est capable de générer une grande lumière dans la paume de sa main. Quand Lumina tient la main de son frère jumeau, Mistral, la lumière émane de ses yeux et s'intensifie au point de pouvoir aveugler une personne.

Insecta

Intelligente et généreuse, Insecta est la chef de
la brigade des Gardiens. Elle peut se transformer
en n'importe quel insecte, que ce soit un papillon ou
un scarabée.

Xavier Cardinal

Xavier est plus fasciné par la lecture que par les
sports. À neuf ans, le frère de Mathilde est un rêveur, souvent
dans la lune. Il est blond et a un œil vert et un œil marron
(source de moqueries de la part de ses camarades à l'école).
Xavier, qui est petit pour son âge, a hâte de grandir pour
devenir enfin un superhéros, un pompier ou un astronaute.

Mathilde Cardinal

C'est la sœur aînée de Xavier et elle n'a peur de
rien. À onze ans, Mathilde est un peu grande et maigre pour
son âge. Sa chevelure rousse et ses taches de rousseur la
complexent beaucoup. En tout temps, Mathilde porte au
cou un médaillon qui lui a été donné par son père.

Pénélope Cardinal

Pénélope est la mère de Mathilde et de Xavier. Grâce aux Sentinelles, cette femme dans la quarantaine à la chevelure blanche est maintenant guérie du mystérieux mal qui la clouait à un fauteuil roulant.

Nestor Brochu

Ce commerçant est un membre du clan du Castor. Il est très gentil et serviable, et comme les Karmadors lui ont souvent sauvé la vie, il n'hésite pas à aider la famille Cardinal quand celle-ci a besoin de lui. Il est le propriétaire du magasin Chez Castor.

Professeur Nécrophore

Le professeur Nécrophore est l'inventeur attitré de Morviaq, le Krashmal Suprême. Brillant mais distrait, Nécrophore passe son temps à travailler dans son laboratoire, où il développe des objets aussi diaboliques que redoutables.

Riù

Riù est le chef des Krashmals de la grande ville. Très ambitieux et pas tellement intelligent, il est persuadé qu'il deviendra un jour Krashmal Suprême. Il s'est souvent attaqué aux enfants de l'épicerie Bordeleau, sans grand succès. Riù peut faire jaillir des éclairs de ses mains et il a le pouvoir d'hypnotiser les gens.

Gyorg

Ce gros Krashmal est connu tant pour sa force redoutable que pour ses pets pestilentiels. Personne ne pue autant que Gyorg ! Et personne n'est aussi niais ! Cet être toujours affamé est le fidèle assistant de Riù, qu'il admire beaucoup.

Morviaq

Morviaq, appelé le « Krashmal Suprême », est le chef de tous les Krashmals du monde. Il ressemble à un gros cerveau violet, avec un œil unique et une gueule menaçante. Il a le pouvoir de cracher de la morve. Seuls les Krashmals peuvent comprendre ce qu'il dit.

Chapitre 1

Au fond des égouts de la grande ville, dans son laboratoire, le professeur Nécrophore est en train de parler au Krashmal Suprême sur son écran :

— Grand Morviaq, j'ai enfin terminé mon invention ! annonce-t-il fièrement.

À l'écran, la créature violette pousse des borborygmes que seul un Krashmal peut comprendre. Nécrophore hoche la tête :

— Oui, Votre Altesse ! Il s'agit de la « télécommande universelle ». Elle peut

contrôler n'importe quel appareil, même ceux des Karmadors. Je crois sincèrement qu'avec cette invention les Krashmals vont pouvoir conquérir le monde!

Morviaq pousse un rugissement de satisfaction. Nécrophore enchaîne:

— Je vous envoie sans plus tarder le prototype de la télécommande, ainsi que ses plans. Comme vous me l'avez demandé, je n'en garderai aucune copie dans mon laboratoire, au cas où les Karmadors décideraient de m'attaquer.

Le Krashmal Suprême grogne de nouveau. Nécrophore comprend la question :

— Vous préférez que j'utilise un messager plutôt que la poste krashmale? Bien entendu! Je vais trouver quelqu'un de fiable. À bientôt!

Nécrophore raccroche, satisfait. «Voilà qui va me placer dans les bonnes grâces du Krashmal Suprême, se dit-il. Si mon invention permet aux Krashmals de détruire les Karmadors une fois pour toutes, on me construira sûrement un laboratoire aussi grand qu'un palais! Et je deviendrai le scientifique krashmal le plus respecté de tous les temps!»

⚡⚡⚡

Derrière la maison de la famille Cardinal, Mathilde et Xavier donnent à manger à Carnaval le cardinal dans sa cage. Près d'eux, Gaïa transporte une fleur en pot.

Les enfants sont fascinés.

— Qu'elle est jolie, cette fleur! s'exclame Mathilde en remarquant les pétales violets.

— Je n'en ai jamais vu une pareille, renchérit Xavier. Et pourtant, j'ai un livre sur les fleurs de la région dans ma chambre.

Gaïa sourit aux enfants et leur explique:

— C'est parce qu'elle est très rare. Je l'ai découverte dans la forêt en faisant ma promenade, ce matin. Elle poussait sous un arbre tombé. Elle m'a appelée tandis que je passais près d'elle.

— Chanceuse! J'aimerais bien avoir des antennes et me faire appeler par une plante, moi aussi! déclare Mathilde.

Xavier taquine sa sœur:

— Voyons, Mathilde, tu aurais l'air d'une citrouille martienne, avec de grosses antennes dans tes cheveux orange!

Dans son laboratoire, Nécrophore ferme la boîte qui contient la télécommande universelle ainsi que ses plans. Il regarde sa montre, agacé : son messager est en retard.

« Croquemitaine ! Que fait-il ? » s'interroge le professeur. « Morviaq va s'impatienter. »

Une porte métallique s'ouvre sur un Krashmal vêtu d'une redingote… Il s'agit de Riù, le chef de la faction du Québec.

— Vous m'avez appelé, professeur ? demande-t-il.

— Enfin vous voilà ! J'ai un paquet très important pour le Krashmal Suprême. C'est une invention si puissante qu'elle permettra aux Krashmals de triompher des Karmadors !

Riù s'empresse de prendre la boîte. Le professeur lui met la main sur l'épaule et lui donne une petite note en ajoutant:

— Cette mission est de la plus haute importance, Riù. Tu dois te rendre à la base secrète de Morviaq, au lac des Deux-Douleurs, dont voici l'adresse. Le Krashmal Suprême attend cette invention pour lancer une attaque-surprise contre les Karmadors. Dépêche-toi!

— Une attaque-surprise? Mais je n'ai pas été mis au courant! s'indigne Riù.

Nécrophore soupire:

— Justement, c'est parce que c'est une attaque-SURPRISE! Maintenant, ouste! Le temps presse!

— Vous pouvez compter sur moi, professeur!

Riù quitte aussitôt le laboratoire en transportant la boîte.

— Et ne t'arrête pas en chemin! lance Nécrophore.

⚡⚡⚡

Près de la grange, à côté de la base des Sentinelles, Mistral et Lumina s'occupent de l'entretien du SentiJet, le véhicule

volant de la brigade. Mistral astique la carrosserie à l'aide d'un chiffon tandis que Lumina branche un boyau sous le véhicule pour remplir le réservoir du canon à eau.

Mistral frotte avec acharnement. Sa sœur se moque de lui :

— Pourquoi mets-tu tant d'effort à nettoyer le SentiJet ? On dirait quelqu'un qui cire sa voiture !

— J'en prends soin comme si c'était mon cheval.

— Le cheval est un être vivant, alors il apprécie l'attention que tu lui portes. Le SentiJet, lui, il s'en fiche ! C'est une machine !

— Pfft ! fait Mistral. Tu n'es pas romantique du tout !

⚡⚡⚡

Dans le jardin, Gaïa pose son pot de fleur sur le sol tout en parlant aux enfants :

— C'est la fleur elle-même qui m'a demandé de la cueillir. Elle préfère pousser dans un jardin, près de la maison. Elle a peur dans le bois.

— Les plantes peuvent avoir peur ? s'étonne Xavier. Je n'y avais jamais pensé…

La Karmadore fait signe aux enfants de s'approcher.

— Voulez-vous lui parler ? leur propose-t-elle. Il suffit de me dire ce que vous voulez savoir, et je lui transmettrai le message.

Mathilde ne perd pas une seconde :

— A-t-elle un prénom ?

Gaïa agite ses antennes en direction de la plante pour lui adresser la parole :

— Mon amie aux cheveux roux voudrait connaître ton prénom, petite fleur.

Celle-ci répond d'une voix musicale que seule Gaïa entend :

— Je m'appelle Clarabelle.

La Karmadore répète le nom à Mathilde, qui est impressionnée:

— C'est formidable! C'est la première fois que je pose une question à une fleur... et qu'elle me répond!

Xavier est excité:

— Gaïa! Demande-lui ce qu'on peut faire pour elle!

La Karmadore s'adresse à la fleur, qui réplique:

— Protégez-moi des orignaux! Ils arrachent mes pétales, la nuit!

En entendant cette réponse transmise par la Karmadore, le garçon hoche la tête:

— Gaïa, dis à Clarabelle qu'elle est en sécurité ici.

⚡⚡⚡

Riù monte dans son véhicule souterrain, le krashmotte, en tenant dans ses mains la précieuse boîte de Nécrophore.

Gyorg, son assistant, le Krashmal le moins intelligent de la planète, l'attend patiemment en mangeant de la purée de vers de terre.

— Gyorg, debout! Nous partons immédiatement!

Le gros Krashmal avale de travers sa dernière bouchée.

— Mais chef! bredouille-t-il. Vous m'aviez promis qu'on passerait au dépotoir pour que je mange mon dessert.

— Tant pis! J'ai fait une autre promesse plus importante. Nécrophore veut qu'on apporte ce paquet à Morviaq au lac des Deux-Douleurs. Active-toi!

— Qu'est-ce qu'il y a dans le paquet? demande Gyorg, soudain curieux.

— Une arme redoutable qui va permettre aux Krashmals de détruire les Karmadors! répond Riù avec un sourire malicieux.

Chapitre 2

Dans son bureau, Magma consulte son courrier électronique. Il y trouve un message d'Insecta, la chef de la brigade des Gardiens. Il s'agit d'une simple note :

« Merci encore de nous avoir sauvé la vie contre la fourmi géante de Pestilä. Je t'en dois une ! Et… je m'ennuie de toi. »

Magma sourit en repensant à son aventure avec les Gardiens. Insecta lui manque aussi.

Sous terre, le krashmotte avance à plein régime, creusant un tunnel en direction du lac des Deux-Douleurs.

Assis dans son fauteuil, perdu dans ses pensées, Riù fixe le paquet de Nécrophore. Gyorg, aux commandes, lui pose une question :

— Le paquet de Nécrophore, chef… est-ce que ça se mange ? Parce que je n'ai pas encore eu mon dessert, moi…

— Mais non, andouille ! grogne Riù. On ne mange pas les inventions du professeur !

— Même pas un petit peu ?

— Arrête de poser des questions stupides et dis-moi quand nous allons arriver.

— Euh, je ne sais pas, chef. Je crois qu'on est rendus sous le village de Sainte-Liberté.

— Sainte-Liberté! s'écrie Riù en se crispant. Je déteste cet endroit! Et je déteste les Sentinelles! Si je pouvais, je…

Il laisse sa phrase en suspens. Son regard se pose sur la boîte de Nécrophore. Il lui vient une idée machiavélique.

— Gyorg! Arrête le krashmotte immédiatement! Et sors le périscope!

⚡⚡⚡

Gaïa termine de replanter la fleur Clarabelle dans le jardin, aidée par Xavier et Mathilde.

— Et maintenant, donnons-lui un peu d'eau, dit la Karmadore.

Elle se dirige vers le SentiJet, où Lumina vient de remplir le réservoir d'eau du véhicule.

⚡⚡⚡

Sous terre, un périscope muni d'une petite vrille sort du toit du krashmotte. Cette tige métallique se creuse un chemin dans le roc, et finit par émerger du sol près de la base des Sentinelles.

Aux commandes, Gyorg ne comprend toujours pas ce qui se passe.

— Mais pourquoi on sort le périscope, chef? demande-t-il.

— Pour espionner les Sentinelles, concombre! répond Riù en s'installant devant son écran.

Grâce à la caméra du périscope, le Krashmal aperçoit Gaïa, Lumina et Mistral qui discutent près du SentiJet, non loin de la maison.

— C'est parfait! ricane-t-il.

Riù ouvre aussitôt la boîte de Nécrophore. Il y trouve une télécommande d'apparence bien ordinaire.

— C'est tout? Une télécommande? s'indigne-t-il. Je pensais que ce paquet renfermait une arme diabolique!

Riù découvre alors un plan de l'appareil, plié au fond de la boîte. Il lit ce qui est écrit dessus:

— «Télécommande universelle...» Vraiment? s'étonne-t-il.

Intrigué, il s'empare de l'objet et appuie sur quelques boutons pour voir s'il fonctionne bien...

✦✦✦

Près du SentiJet, Gaïa prend le boyau des mains de Lumina. Mistral sort sa goutte pour appeler son chef dans son bureau:

— Salut, Magma! C'est simplement pour t'avertir que nous avons rempli le réservoir du SentiJet et astiqué sa carrosserie. Notre belle monture est prête pour sa prochaine mission!

La goutte de Mistral fait un drôle de bruit. Le Karmador fronce les sourcils.

— Tiens, on dirait que ma goutte se dérègle, remarque-t-il.

Soudain, le petit rayon laser de la goutte se déclenche tout seul. Il atteint Gaïa à la cuisse.

— Aïe! s'écrie la Karmadore aux antennes en se prenant la jambe.

Lumina se porte au secours de son amie en criant à son frère:

— Que tu es maladroit! Tu viens de blesser Gaïa!

— Ce n'est pas ma faute! Ma goutte s'est activée toute seule, répond le Karmador.

Le laser se déclenche de nouveau! Cette fois, le rayon fait un petit trou dans le sol.

— Ma goutte est devenue folle!

— Éteins-la! lui crie Lumina.

— Je ne peux pas! C'est comme si elle agissait par sa propre volonté...

✦✦✦

Dans le krashmotte, Riù ricane tout en manipulant la télécommande. Il suit les gestes des Sentinelles sur son écran:

— Excellent! s'exclame-t-il. Je peux contrôler les appareils des Karmadors! Tu as vu ce que j'ai fait avec la goutte de Mistral? Il suffit de viser à distance et ça marche!

Gyorg hausse les épaules et déclare:

— Moi, j'échangerais cette télécommande contre un bon pot de graisse deux couleurs.

Riù se tourne vers son assistant:

— Pense un peu! lance-t-il. Avec cette invention, je vais enfin pouvoir me venger!

Ne me dis pas que tu n'aimerais pas voir les Sentinelles passer un mauvais quart d'heure, quand même! Après tout ce qu'elles nous ont fait!

Gyorg grimace :

— Je ne sais pas, chef. Je ne me rappelle pas ce qu'elles m'ont fait, les Citadelles.

— Les Sentinelles, bougre de navet! Ces Karmadors n'arrêtent pas de nous nuire! La dernière fois qu'on les a vus, ils m'ont arrosé avec leur satané avion alors que j'essayais de voler les poulets du village!

Gyorg ouvre grands les yeux :

— Des poulets? Wow, j'aurais aimé voir ça!

— Tu y étais! s'impatiente Riù.

En poussant un grognement, le chef des Krashmals retourne à sa télécommande, tandis que Gyorg se creuse les méninges pour retrouver ses souvenirs…

⚡⚡⚡

Mistral et Lumina aident Gaïa à se cacher derrière la grange, à l'abri du laser fou, resté dans l'herbe. Ce dernier tire des rayons un peu partout. Il a même fait un petit trou dans une aile du SentiJet.

— Tu parles d'une histoire! grogne Mistral. Je n'ai jamais eu de problème avec ma goutte auparavant!

— Ce n'est pas pour rien qu'on t'appelait «Jérôme Brisetout» à l'école, fait remarquer Lumina. Gaïa, est-ce que tu vas mieux?

— Oui, la blessure n'est pas profonde. Mais j'aimerais bien aller à l'infirmerie.

— Pour y arriver, il faudrait passer près de la goutte folle, dit Lumina. C'est trop dangereux. Je vais appeler Magma.

La Karmadore s'empare de sa goutte et appelle son chef:

— Magma! Nous sommes derrière la grange. Le laser de la goutte de Mistral est devenu fou!

— Ne bougez pas! répond Magma. Je m'en occupe! Et si...

La communication est coupée!

$$\lightning\lightning\lightning$$

Sous terre, dans le krashmotte, Riù prend un air triomphant:

— Ça y est! J'ai coupé toutes les communications! Cette télécommande universelle est vraiment incroyable! Je ne suis pas surpris que Morviaq veuille s'en servir contre les Karmadors.

Gyorg se gratte la tête:

— Chef, est-ce que Morviaq ne sera pas un peu fâché de voir que vous vous servez de sa télécommande?

— Mais non! Bien au contraire! Je teste la marchandise avant de la lui remettre. Imagine ce qu'il aurait pensé si la télécommande avait été défectueuse. En l'essayant, je lui rends un fier service!

Gyorg sourit:

— Je n'avais pas pensé à ça! Vous êtes drôlement intelligent, chef! Morviaq va sûrement vous récompenser.

↯↯↯

De la fenêtre de son bureau, Magma a une bonne vue sur le SentiJet. Dans l'herbe, devant le véhicule, il repère la goutte de Mistral qui tire des rayons laser dans toutes les directions.

Le chef des Karmadors se concentre en fixant du regard le petit appareil métallique.

Grâce à son superpouvoir, Magma fait chauffer la goutte à distance.

Dans l'herbe, le communicateur déréglé devient brûlant. Puis, après quelques secondes, il émet de la fumée. Il s'éteint alors, ses circuits ayant fondu.

Magma sort pour rejoindre ses amis.

En se dirigeant vers le perron, il croise Pénélope, Mathilde et Xavier.

— Que se passe-t-il? demande Pénélope. J'ai entendu Gaïa crier. Et le téléphone ne fonctionne plus. J'étais en train de parler à Nestor Brochu quand notre communication a été coupée.

— Je sais, répond gravement Magma. Je ne comprends pas ce qui cause tous ces problèmes techniques.

— Peut-être qu'ils viennent du soleil, suggère Xavier. J'ai déjà lu que les orages magnétiques peuvent dérégler les appareils électriques.

— C'est possible, déclare Magma. En attendant, il est préférable de rester à la maison.

Le Karmador court vers ses collègues derrière la grange.

Pénélope remarque la cage de Carnaval, laissée sur le perron. Elle hausse un sourcil.

— J'ai une idée! annonce-t-elle à ses enfants.

⚡⚡⚡

Magma rejoint Mistral, Lumina et Gaïa.

— J'ai détruit la goutte, dit-il. Emmenez Gaïa à l'infirmerie pour la soigner. Je vais analyser les débris de la goutte pour tenter de voir ce qui a pu l'endommager.

Soudain, la goutte de Magma fait du bruit. Mistral ne perd pas une seconde: il arrache l'appareil de la poche de son chef!

— Que fais-tu? s'étonne Magma.

Mistral lance la goutte au loin. Le petit communicateur atterrit près d'un arbre.

Sans avertissement, le laser de la goutte se met à tirer dans toutes les directions. Magma se tourne vers Mistral et s'exclame :

— Merci, vieux ! Tu viens de nous sauver la vie !

Sur le perron, Pénélope attache une petite note qu'elle vient de rédiger à la patte de Carnaval.

Puis, elle prend l'oiseau dans ses mains et lui chuchote quelque chose à l'oreille dans un langage que lui seul comprend.

Elle relâche l'oiseau et celui-ci s'envole. Il s'éloigne rapidement de la maison.

— Que fais-tu, maman? demande Mathilde. Pourquoi as-tu laissé partir Carnaval?

Pénélope sourit à sa fille:

— Nous n'avons plus de moyens de communication électronique, ce qui est inquiétant. J'ai donc utilisé un moyen de communication qui a fait ses preuves dans le passé…

— Un pigeon-voyageur! dit Xavier. Tu as utilisé Carnaval comme messager!

La femme passe la main dans les cheveux de son fils.

— On ne peut rien te cacher, toi!

Chapitre 3

Dans le krashmotte, Riù continue de s'amuser avec sa télécommande. Il l'utilise pour couper l'électricité de la maison et pour saboter l'ordinateur du bureau de Magma.

C'est alors que son écran sonne: il reçoit un appel de Nécrophore!

— Oui allô, professeur? dit Riù avec un air innocent. Que voulez-vous?

— Je veux m'assurer que tu es en route pour aller porter le paquet à Morviaq, répond Nécrophore.

— Ne vous en faites pas, je suis en chemin. D'ailleurs, vous me dérangez! J'ai besoin de toute ma concentration pour conduire le krashmotte. Au revoir!

Riù raccroche et retourne à sa télécommande.

✦✦✦

Dans le village de Sainte-Liberté, un cardinal entre dans le magasin Chez Castor, dont la porte était ouverte.

À l'intérieur, Nestor Brochu sursaute:

— Un oiseau dans mon commerce! Vite, mon balai!

Carnaval se pose sur le comptoir, calmement. Nestor, qui pensait d'abord chasser la bête, s'en approche alors prudemment.

— Mais c'est l'oiseau de la famille Cardinal! Et il a un message attaché à la patte!

Le commerçant lit la note inscrite sur le petit bout de papier. Il reconnaît aussitôt l'écriture de Pénélope:

«Sommes isolés. Peut-être une attaque krashmale. SVP, appelez les Karmadors.»

Sans perdre une seconde, Nestor Brochu s'empare de son téléphone...

⚡⚡⚡

Dans la maison, la famille Cardinal et les Sentinelles sont aux aguets. Gaïa a pansé sa blessure à la cuisse. Magma observe par la fenêtre tandis que Mistral enterre toutes les gouttes dans un grand trou, sur le terrain.

— Qu'allons-nous faire ? demande Lumina. Nous ne pouvons appeler personne et tous nos appareils se retournent contre nous !

— Il s'agit d'une attaque, j'en suis persuadé, affirme Magma. Mais de qui ? Et comment ? Mon ordinateur ne fonctionne plus et nous n'avons plus de gouttes.

— Vous pourriez utiliser un KarmaJet ! suggère Xavier.

— Mais non, répond Mathilde. Si tous les appareils se détraquent, les Karma-Jets ne fonctionneront pas non plus !

Pénélope serre ses enfants :

— Normalement, je vous enverrais dans la chambre forte au sous-sol. Mais j'ai trop peur qu'elle ne se détraque elle aussi et que vous vous y retrouviez coincés.

— Et si on sortait? suggère Lumina. On pourrait quitter la maison et aller chercher de l'aide à pied.

— Je ne sais pas... fait Magma. J'ai l'impression que notre ennemi cherche à nous chasser de la maison. Nous pourrions tomber dans un piège.

— On ne le saura jamais si on reste là sans rien faire, rétorque la Karmadore.

— D'accord, mais soyons prudents! Pénélope, reste ici avec les enfants. Nous vous ferons signe dès que la voie sera libre.

Les Karmadors sortent prudemment. Gaïa les suit en s'aidant d'une canne. Une fois dehors, ils regardent autour d'eux, méfiants, et se rendent près du chemin.

— Bon, murmure Mistral en haussant les épaules, on dirait qu'il n'y a pas de danger. Appelons Pénélope.

— Attends! lance Magma. Écoute!

Les Sentinelles perçoivent un vrom-bissement. En entendant ce bruit sourd, les Karmadors se tournent vers la grange.

— Oh non! s'exclame Mistral. Le Senti-Jet vient de décoller!

Chapitre 4

Dans son krashmotte, Riù observe les Sentinelles grâce à son périscope. Il jubile en les voyant courir à l'abri vers la maison. Tout en contrôlant le SentiJet à l'aide de sa télécommande, il lance à son assistant:

— Regarde-les courir, ces Karmadors de malheur! Ils vont enfin savoir comment on se sent quand on se fait attaquer par leur avion infernal!

⚡⚡⚡

Magma gesticule à ses collègues et déclare :

— Séparez-vous ! Mistral et Lumina d'un côté, Gaïa et moi de l'autre ! Comme ça, si le SentiJet devient agressif, il ne pourra pas nous attaquer tous en même temps !

Le SentiJet vole au-dessus des Karmadors en faisant vrombir ses moteurs de façon menaçante.

Tandis que Magma et Gaïa se dirigent vers la forêt, Mistral et sa sœur courent vers l'arrière de la maison.

— Et dire que j'ai soigné ce véhicule comme s'il était vivant! se désole le Karmador. Me voilà bien servi!

L'engin redoutable se tourne vers le Karmador blond.

— Il nous suit! lance Lumina. Attention!

Le canon à eau du SentiJet lâche un puissant jet sur les deux Karmadors.

Mistral et Lumina tombent par terre, écrasés par la force de l'eau.

C'est alors qu'une lumière brille dans le ciel. Un KarmaJet approche! Plus loin, Magma lève les yeux vers le nouvel arrivant.

— Oh non! s'écrie-t-il. Un Karmador vient à notre rescousse! Si son KarmaJet tombe en panne, le pauvre va s'écraser au sol!

♦♦♦

Dans le krashmotte, Riù est surpris en découvrant la silhouette volante sur son écran :

— Un autre Karmador qui arrive? Mais comment ont-ils fait pour le contacter? Pisse d'écrevisse! Il va regretter d'être venu!

Le Krashmal active sa télécommande vers le Karmador…

♦♦♦

Dans le ciel, le KarmaJet s'éteint en plein vol! Le Karmador sans défense tombe dans le vide.

— Oh non! Il va s'écraser! s'exclame Gaïa.

Le Karmador en chute libre poursuit sa descente vers le sol... puis il disparaît! À sa place apparaît une grosse libellule.

— Ça alors! s'étonne Magma. On dirait que le Karmador s'est transformé en... C'est Insecta! Elle est venue nous prêter main-forte!

La libellule vient se poser près de Magma. Elle reprend aussitôt forme humaine. Magma lui saute au cou:

— Insecta! Que je suis content de te voir!

✦✦✦

Près de la grange, Mistral et Lumina se font bombarder par le canon à eau du SentiJet, qui plane au-dessus d'eux. Xavier et Mathilde assistent à la scène, inquiets :

— Les pauvres ! dit Mathilde. Comment peut-on les aider ?

Xavier prend alors conscience d'un nouveau danger.

— Le jet d'eau est en train de détruire les fleurs ! crie-t-il. Clarabelle !

Les enfants sautent sur le perron, au grand malheur de leur mère qui tente de les retenir :

— Où allez-vous ? leur lance Pénélope en vain. Restez ici, c'est trop dangereux !

✦✦✦

Sous terre, Gyorg a tellement faim qu'il lèche la semelle de ses bottes.

Pendant ce temps, Riù manipule la télécommande universelle avec aisance.

— Et maintenant, déclare-t-il, voyons voir de quoi est capable ce SentiJet. Gyorg! Arrête de lécher tes bottes, c'est dégoûtant! Si tu as faim, viens lécher les miennes!

Sans se faire prier, Gyorg s'approche pour lécher les semelles de son chef.

— Mmmm! fait-il. Vous avez plein d'insectes écrasés sous vos chaussures!

✦✦✦

Insecta regarde le SentiJet, un peu déconcertée:

— Qu'est-ce qui se passe, Magma?

— Je n'en ai aucune idée! répond le Karmador en haussant les épaules.

Tous nos appareils se retournent contre nous. Y compris nos véhicules.

Gaïa secoue la tête:

— Si ça continue comme ça, nous serons terrassés dans peu de temps! J'espère qu'aucun autre Karmador ne viendra ici tant que nous n'aurons pas trouvé la source du problème. Notre situation est trop périlleuse!

✦✦✦

En arrivant près des fleurs, Mathilde s'empare d'un seau et le place à l'envers sur Clarabelle pour la protéger. Pendant ce temps, Xavier remarque un tuyau métallique qui émerge du sol. Il s'agit du périscope du krashmotte.

Heureusement pour Xavier, la lentille n'est pas tournée vers lui, mais semble concentrée sur Mistral et Lumina.

— Eh, tu as vu ça? demande le garçon en désignant le tube de métal. On dirait un périscope!

Pénélope arrive en courant pour rejoindre ses enfants. Elle repère elle aussi le périscope.

— Les enfants! Revenez ici avant que les Krashmals ne vous voient! Allons avertir les Sentinelles!

⚡⚡⚡

Mistral et Lumina réussissent à se cacher dans la grange, à l'abri du canon à eau. Ils sont tous les deux détrempés.

— Si j'avais su, j'aurais mis mon maillot de bain sous mon uniforme! raille Mistral. Au moins, tant que le SentiJet s'en prend à nous, il laisse les autres tranquilles!

— C'est vrai, approuve Lumina. Tiens, on dirait que le SentiJet sort son... Attention!

Le véhicule ouvre une écoutille sous son nez, de laquelle émerge un tube.

— Oh non! s'écrie Mistral. Le canon à gaz lacrymogène!

⚡⚡⚡

Dans le krashmotte, Riù reçoit une autre communication de Nécrophore. Comme il est occupé à téléguider le SentiJet, il choisit de ne pas répondre.

Gyorg est mal à l'aise:

— Chef! Le professeur nous appelle! Qu'est-ce qu'on fait?

— On fait semblant de ne pas être là! répond sèchement Riù.

— Comment on fait ça? l'interroge Gyorg. Faudrait m'apprendre comment!

$$\lightning\lightning\lightning$$

La famille Cardinal arrive tout essoufflée près de Magma, Insecta et Gaïa.

— Magma! crie le garçon. Nous avons trouvé quelque chose d'anormal dans le jardin!

— C'est le périscope du krashmotte, précise Pénélope.

Mathilde est contente de revoir Insecta.

— Bonjour! lui lance-t-elle. Tu es venue nous donner un coup de main?

— Nestor Brochu a contacté STR, qui a jugé que j'étais la mieux placée pour vous venir en aide, répond la Karmadore.

Je n'étais pas très loin d'ici, alors j'ai pris un KarmaJet… qui s'est écrasé dans les arbres.

Pénélope hoche la tête :

— C'est moi qui ai averti Nestor de notre situation. Merci d'être venue si rapidement !

— Allons voir ce krashmotte avant que le SentiJet ne fasse plus de dégâts, dit Magma.

⚡⚡⚡

Au-dessus de la grange, le SentiJet crache un puissant jet de gaz lacrymogène sur Mistral et Lumina.

Le Karmador blond gonfle les poumons et utilise son supersouffle pour disperser le nuage toxique.

— Je suis drôlement contente que tu sois là ! confie Lumina à son frère.

Magma arrive en courant vers le périscope. Dès qu'il l'aperçoit, il se cache derrière un arbre. Insecta, Mathilde et Xavier font de même. Gaïa les rejoint peu après, ralentie par sa blessure.

— C'est effectivement le périscope du krashmotte! déclare le chef des Sentinelles. Ça veut dire que les Krashmals sont derrière tout ça!

— En fait, ils sont EN DESSOUS de tout ça, rectifie Insecta.

— Le krashmotte est un véhicule souterrain, fait remarquer Xavier. Nous ne pourrons jamais attraper les Krashmals s'ils s'y cachent!

— On devrait boucher la vue du périscope avec un linge, suggère Mathilde.

— Bonne idée! répond Magma.

Insecta intervient:

— Oui, mais cela avertirait les Krashmals que nous avons détecté leur présence. Laissons-les croire qu'ils sont bien cachés pendant que nous préparons notre riposte.

— Notre riposte? l'interroge Magma.

Insecta lui fait un clin d'œil:

— J'ai plus d'un tour dans mon sac!

⚡⚡⚡

Sous terre, Riù appuie sur sa télécommande, très concentré sur le SentiJet.

— Bon, il est temps de passer aux choses sérieuses! lance-t-il. Ces Karmadors vont regretter de m'avoir humilié à plusieurs reprises. Ils vont payer cher de s'être battus contre Riù le terrible !

Ces dernières paroles interpellent Gyorg.

— Il faut payer pour se battre contre vous, chef ? demande-t-il.

⚡⚡⚡

Dans le ciel, le SentiJet cesse de jeter des gaz vers la grange. Le véhicule prend un peu d'altitude.

— Ouf ! souffle Mistral. Il nous laisse tranquille !

— Que fait-il ? demande Lumina. On dirait qu'il se dirige vers la base. Tu ne crois pas qu'il va…

Elle ne termine pas sa phrase. Le SentiJet se laisse tomber sur la maison !

Chapitre 5

Gaïa, Magma, Insecta et les enfants regardent avec horreur la silhouette du SentiJet leur foncer dessus!

Devant la grange, Mistral crie à sa sœur:

— Lumina! Prends ma main pour décupler mon pouvoir!

Sans perdre un instant, la Karmadore serre le gant de son frère. Mistral se remplit les poumons au maximum et crache une bourrasque vers les cieux.

Le vent ralentit la descente du Senti-Jet mais ne l'arrête pas.

— Plus fort! hurle Lumina.

Mistral serre le poing et double d'ardeur. Son supersouffle augmente d'intensité. Les veines de son cou se gonflent. Le Karmador transpire. Le vent qu'il pousse vers le véhicule devient si puissant que Mistral en tombe sur le dos!

Mais le Karmador tient bon. Dans le ciel, le SentiJet dévie de sa course. Il flotte maladroitement sur la rafale de Mistral.

— Tu y es presque! l'encourage sa sœur. Continue!

✦✦✦

Insecta se transforme en mouche sous le regard étonné de Magma.

— Ton pouvoir est fascinant ! s'exclame-t-il tandis que la mouche vole vers le périscope, indétectable.

Une fois perchée sur le périscope, la mouche se transforme en fourmi. Celle-ci descend le long du tube métallique et disparaît sous terre.

Magma se tourne vers Gaïa.

— Elle est quand même étonnante, cette Insecta! lui dit-il.

— Je suis d'accord, répond Gaïa. Pour l'aider, je vais m'occuper de garder le krashmotte en place.

La Karmadore agite ses antennes vers le sol:

— Arbres, arbustes et végétaux en tous genres, déclare-t-elle dans la langue des plantes. J'ai besoin de vos racines!

$$\not\downarrow\not\downarrow\not\downarrow$$

Sous terre, une multitude de racines s'agitent et glissent lentement vers le krashmotte, l'entourant comme autant de tentacules.

Riù les entend frotter sur la carrosserie.

— Que se passe-t-il? On dirait que quelqu'un essaie d'entrer ici, s'inquiète-t-il.

Ce sont sûrement les Sentinelles! Gyorg! Rentre le périscope, nous partons d'ici!

Il ne remarque pas la petite fourmi qui vient de se faufiler à bord de son véhicule…

Gyorg s'installe aux commandes du krashmotte et rentre le périscope. Mais lorsqu'il appuie sur l'accélérateur du véhicule, il fronce les sourcils:

— Chef! Je ne comprends pas! Le krashmotte ne veut pas avancer!

⚡⚡⚡

Poussé par le supersouffle de Mistral, le SentiJet se pose durement devant la maison.

Dans l'herbe, le Karmador blond soupire lourdement. Il est épuisé. Lumina le serre dans ses bras et s'écrie:

— Bravo, frérot! Je suis fière de toi!

Il est trop faible pour répondre.

Dans le krashmotte, la petite fourmi se transforme en papillon.

—Aaaah! Chef! Au secours! Un papillon! s'écrie Gyorg.

Riù sursaute:

— Arrête de crier, tu vas me rendre sourd! Je t'ai demandé de nous sortir d'ici avant que les Karmadors arrivent! Vite, avant qu'ils s'emparent de la télécommande universelle de Nécrophore!

— Oui, mais chef, il y a un papillon plein de couleurs dans le krashmotte!

Gyorg se cache derrière Riù. Ce dernier soupire:

— Si tu as peur d'un papillon, tu n'as qu'à l'écraser, pauvre mauviette!

Soudain, le papillon prend forme humaine. Cette fois, c'est Riù qui pousse un cri:

— Aaaah! D'où sors-tu, sale Karma-dore?

Insecta arrache la télécommande des mains de Riù, qui est trop surpris pour réagir.

— Je m'appelle Insecta, de la brigade des Gardiens, et je suis venue t'arrêter!

Elle examine l'objet et remarque les plans de celui-ci, au fond de la boîte de Nécrophore.

— Tu as dit qu'il s'agissait d'une télécommande universelle, hein? Intéressant!

— Voleuse! Tu vas le regretter! rugit Riù. Rends-la-moi immédiatement!

La Karmadore active la télécommande pour éteindre toutes les lumières à bord. La cabine est plongée dans le noir.

— Pisse d'écrevisse! Où es-tu passée?

Insecta détruit la télécommande à l'aide du laser de sa goutte. Puis elle s'empare des plans de l'instrument et se transforme en papillon de nuit pour s'orienter dans la noirceur.

⚡⚡⚡

Pénélope et Lumina emmènent Mistral à l'infirmerie. Le Karmador est à peine conscient, épuisé par son effort.

— J'aimerais bien avoir un verre d'eau, gémit-il.

Magma reste dans le jardin, inquiet pour Insecta. Gaïa lui tient compagnie.

Tout à coup, les appareils en panne de la maison reviennent à la normale. Xavier le fait remarquer à Magma, qui sourit :

— Je crois qu'Insecta a réussi sa mission ! dit fièrement le chef des Sentinelles.

⚡⚡⚡

Dans le krashmotte, les lumières se rallument.

— Ouf ! souffle Gyorg. Je pensais que j'avais disparu !

— Le paquet de Nécrophore ! couine Riù. Cette Karmadore de malheur a détruit la télécommande et elle est partie avec les plans ! Qu'est-ce que je vais dire à Morviaq ?

— Je ne sais pas, moi. C'est vous qui êtes intelligent, chef.

Magma observe le trou dans le sol laissé par le périscope. C'est alors qu'une mouche en surgit.

L'insecte se pose devant le chef des Sentinelles et reprend forme humaine.

— Insecta! s'exclame Magma, ravi.

La Karmadore lui remet les plans de la télécommande.

— Voilà qui intéressera STR, affirme-t-elle. Je les ai confisqués à Riù.

Magma est intrigué:

— Comment peux-tu transporter des objets quand tu es un papillon?

— Tout ce qui touche à mon corps est également transformé, comme mon costume et ma goutte.

— Tu continues de m'épater! s'émerveille Magma.

⚡⚡⚡

Dans le jardin, Gaïa soulève le seau qui protégeait sa précieuse fleur. Xavier et Mathilde sont heureux de la voir intacte. La Karmadore aux antennes se tourne vers les enfants :

— Clarabelle vous remercie du fond du cœur. Et moi aussi. Sans vous, elle aurait peut-être perdu quelques pétales !

— Elle n'avait pas à s'inquiéter, répond Xavier. On lui avait bien dit qu'elle était en sécurité avec nous !

⚡⚡⚡

Magma et Insecta vont récupérer le KarmaJet qui s'est écrasé dans le sous-bois. Le Karmador le découvre au pied d'un tronc, tout bosselé.

— Il est ici! lance-t-il en ramassant l'engin. Et il a reçu toute une raclée! C'est une chance que tu te sois transformée en libellule, sinon tu serais en mauvais état toi aussi!

Insecta hausse les épaules:

— Ça fait partie des risques du métier!

— Peut-être, mais je n'aime pas l'idée que tu sois blessée, réplique Magma, l'air soucieux.

$$\text{⚡⚡⚡}$$

Insecta s'approche de lui et lui sourit à belles dents:

— Ne me dis pas que tu avais peur pour moi!

Le Karmador est un peu gêné d'avouer ses sentiments. Mais avant qu'il ne puisse répondre, Insecta lui donne un gros baiser sur la joue!

✦✦✦

Sur le perron, Pénélope observe Magma et Insecta s'embrasser, de loin.

«Il faudrait que j'aille remercier Nestor Brochu», songe-t-elle.

Dans le ciel, une tache rouge fonce vers la maison. Il s'agit de Carnaval, qui revient de sa mission. Pénélope l'accueille chaleureusement:

— Toi aussi, je te remercie, mon cher oiseau! Tu es un digne membre de notre petite famille!

✦✦✦

Dans l'infirmerie, Mistral est couché pour se reposer. Sa sœur veille sur lui. Elle ne peut s'empêcher de rigoler. Le Karmador fronce les sourcils:

— Qu'est-ce qu'il y a de si drôle?

— C'est le SentiJet, explique-t-elle. Il est couvert de boue et d'égratignures! Il va te falloir au moins deux jours pour le nettoyer. Sans parler du trou dans son aile, causé par le laser de ta goutte!

✦✦✦

Au lac des Deux-Douleurs, Riù et Gyorg sortent du krashmotte la mine basse. Riù transporte la boîte qui contient ce qui reste de la télécommande.

Morviaq vient à leur rencontre. En le voyant approcher, Gyorg se met à trembler comme une feuille.

Le Krashmal Suprême rugit une question. Riù s'empresse de répondre :

— Pardon ? fait-il innocemment. Vous dites que le professeur Nécrophore craignait que je ne vous livre pas son paquet ? Mais voyons, Votre Altesse Alarmante, vous savez tout comme moi que le professeur s'inquiète toujours pour rien !

Morviaq grogne une autre question. Cette fois, Riù avale difficilement :

— Où est votre télécommande universelle ? répète-t-il en transpirant. Mais voyons… elle est dans cette boîte ! Comme promis, je vous l'ai apportée !

Riù dépose la boîte fermée devant son maître. Morviaq lui ordonne de l'ouvrir.

Hésitant, Riù obéit. Il en dévoile le contenu avec des mains tremblantes.

En voyant la télécommande détruite, le Krashmal Suprême pousse un rugissement de mécontentement. Riù et Gyorg frémissent devant la masse violette qui les regarde d'un œil menaçant…

— Il est arrivé un terrible accident! plaide Riù. Gyorg s'est assis sur votre télécommande!

À côté de lui, Gyorg s'insurge:

— Ce n'est pas vrai! Je ne me suis pas assis dessus! C'est le papillon plein de couleurs qui l'a détruite avec son laser!

Riù se tourne vers son assistant:

— Menteur! Tout le monde sait que les papillons n'ont pas de laser!

Morviaq pousse un juron noir. Son œil devient exorbité par la rage. Gyorg, en panique complète, lance à Riù:

— Vite, chef! Il faut faire comme si on n'était pas là!

Morviaq crache des insultes abomi-
nables aux deux Krashmals. Puis, grâce
à son superpouvoir, il les asperge d'une
copieuse douche de morve !

Table des matières

Dans la série La brigade des Sentinelles:

La mission de Magma, Tome 1
Le secret de Gaïa, Tome 2
Le souffle de Mistral, Tome 3
L'éclat de Lumina, Tome 4
Les griffes de Fiouze, Tome 5
L'ambition de Shlaq, Tome 6
La ruse de Xavier, Tome 7
La piqûre de Brox, Tome 8
L'aventure de Pyros, Tome 9
Le médaillon de Mathilde, Tome 10
La visite de Kramule, Tome 11
Le défi des Sentinelles – 1re partie, Tome 12
Le défi des Sentinelles – 2e partie, Tome 13

Dans la série La maladie de Pénélope:

Le mal de Pénélope, Tome 14
L'énigme de la Panacée, Tome 15
La colère de Blizzard, Tome 16
La caverne de Philippe, Tome 17
Le repaire de Sliss, Tome 18
Le donjon de Pestilä, Tome 19
Le laboratoire de Moisiux, Tome 20
Le bâton d'Hippocrate, Tome 21
La momie de Pygmalion, Tome 22
La vengeance des Krashmals – 1re partie, Tome 23
La vengeance des Krashmals – 2e partie, Tome 24

**Dans la série Les nouvelles aventures
des Sentinelles :**